Dieses Buch gehört:

....

Weitere Titel der Autorin:

Petronella Apfelmus – Verhext und festgeklebt
Petronella Apfelmus – Zauberschlaf und Knallfroschchaos
Petronella Apfelmus – Schneeballschlacht und Wichtelstreiche
Petronella Apfelmus – Zauberhut und Bienenstich
Petronella Apfelmus – Hexenbuch und Schnüffelnase
Petronella Apfelmus – Schnattergans und Hexenhaus
Petronella Apfelmus – Hexenfest und Waldgeflüster
Petronella Apfelmus – Zaubertricks und Maulwurfshügel
Petronella Apfelmus – Eismagie und wilde Wichte
Petronella Apfelmus – 24 weihnachtliche Geschichten aus dem Apfelhaus
Petronella Apfelmus – Burggespenst und Hexensümpfe
Petronella Apfelmus – Überraschungsfest für Lucius (Erstleser)
Petronella Apfelmus – Krawall im Hühnerstall (Erstleser)
Petronella Apfelmus – Mein weihnachtliches Back- und Bastelbuch Petronella Apfelmus – Das Adventskalenderbuch
Basteln & Spielen mit Petronella Apfelmus – 99 zauberhafte Ideen für Frühling und Sommer

Titel in der Regel als E-Book erhältlich

Sabine Städing

Petronella Apfelmus
Krawall im Hühnerstall

Mit Bildern von SaBine Büchner

BAUM HAUS

Die Bastei Lübbe AG verfolgt eine nachhaltige Buchproduktion. Wir verwenden Papiere aus nachhaltiger Forstwirtschaft und verzichten darauf, Bücher einzeln in Folie zu verpacken. Wir stellen unsere Bücher in Deutschland und Europa (EU) her und arbeiten mit den Druckereien kontinuierlich an einer positiven Ökobilanz.

NACHHALTIG PRODUZIERT

MIX
Papier | Fördert gute Waldnutzung
FSC® C002795
www.fsc.org

Dieser Titel ist auch als Hörspiel erschienen

Originalausgabe

Gesamtgestaltung und Satz: Christina Krutz, Biebesheim am Rhein,
unter Verwendung von Illustrationen von SaBine Büchner
Einbandmotiv und Illustrationen: SaBine Büchner
Gesetzt aus der AG Schoolbook Two
Druck und Einband: Livonia Print, Riga

Printed in Latvia
ISBN 978-3-414-82603-9

6 5 4 3

Noch mehr tolle Bücher, viele Videos und Ideen zum Basteln, Rätseln, Backen, Zeichnen und Spielen gibt's hier: baumhausbande.com

Inhalt

Ein Spaziergang am Morgen

Petronella Apfelmus stand am Mühlteich und blickte über das glitzernde Wasser. Sie liebte es, früh am Morgen spazieren zu gehen. Die Vögel sangen, doch sonst war die Welt noch ganz still. Die Gänse Frida und Fritz hatten die Köpfe unter ihr Gefieder gesteckt und schliefen. Auch im Müllerhaus waren die Fensterläden geschlossen.

„Blubb!“ Bommel, der alte Karpfen, spuckte einen Schwall Wasser vor Petronellas Füße.

„Hoppla!“, lachte die kleine Hexe und sprang einen Schritt zurück.

„Verzeihung. Hast du vielleicht Lust, eine

Runde mit mir zu schwimmen?“, erkundigte sich der Karpfen.

Petronella schüttelte den Kopf. „Heute habe ich keine Zeit. Aber morgen schwimme ich gerne mit dir. Ich bin auf dem Weg zum Hühnerstall, um dort Eier zu holen.

Die Apfelmännchen kommen zum Mittagessen. Ich möchte Pfannkuchen backen.“
„Verstehe“, blubberte Bommel. „Falls ein Pfannkuchen übrig bleibt, darfst du ihn mir morgen gerne mitbringen.“ Und mit diesen Worten tauchte er unter.
Die kleine Hexe setzte ihren Spaziergang fort. Rechts und links glitzerten die Tautropfen im Gras. Spinnennetze funkelten in der Sonne, und eine frühe Hummel summte geschäftig vorbei. Bald hatte sie den Hühnerstall erreicht. Die fünf Hühner hatten ihre Schlafstangen bereits verlassen. Vergnügt tummelten sie sich im Auslauf. Nofretete knabberte an einem Blatt Löwenzahn. Schneeweißchen und Rosenrot nahmen ein Staubbad. Tarantula und Anakonda stritten sich um einen Regenwurm.
„Achtung, Mädels!“, krähte Nofretete. „Wir bekommen Besuch.“

Sofort reckten alle fünf Hennen den Hals.
„Guten Morgen, putt!“ Ich hoffe, ich störe nicht!“, rief Petronella in der Hühnersprache.
„Darf ich zu euch in den Auslauf kommen?“

„Natürlich darfst du!“, gackerten die Hühner erfreut. „Magst du einen Regenwurm?“
„Ruhig, Mädels!“, trompetete Nofretete, weil die Hühner alle durcheinanderriefen. Sie war die Anführerin der Hühnerschar und hatte das Sagen. „Was führt dich zu uns? Können wir dir vielleicht mit ein paar Eiern aushelfen?“
„Sehr gerne“, lachte die Petronella. „Ich habe die Apfelmännchen zu Pfannkuchen und Apfelmus eingeladen. Wenn ihr drei Eier übrig hättet, wäre ich euch sehr dankbar.“
„Kein Problem. Du darfst sie dir aus den Nestern nehmen“, sagte Nofretete. Die anderen Hühner nickten.
„Vielen Dank“, freute sich Petronella. Sie ging in den Hühnerstall und kam gleich darauf mit drei Eiern wieder heraus. Zum Dank streute sie eine Handvoll Rosinen aus. Die Hühner stürzten sich begeistert auf die

getrocknten Trauben. „Von mir aus kannst du jeden Tag drei Eier holen“, schmatzte Rosenrot.

„Aber nur, wenn sie Rosinen mitbringt!“, gackerte Anakonda. Und alle Hühner lachten.

Petronella verstaute die Eier in ihrer Schürzentasche. Sie schloss sorgfältig die Pforte zum Auslauf, winkte den Hühnern zu und machte sich auf den Heimweg.

Grüner Salat

Endlich Ferien! Lea und Luis Kuchenbrand hatten lange geschlafen. Jetzt saßen sie bei einem späten Frühstück und löffelten ihr Himbeermüsli.
„Dürfen wir nachher im Mühlteich baden?“, fragte Luis zwischen zwei Löffeln.
„Ihr dürft. Aber zuerst müsst ihr die Hühner versorgen“, antwortete Frau Kuchenbrand.
„Ist doch logisch“, sagte Lea. Sie hatte aufgegessen und räumte ihre Schüssel weg. Auch Luis war mit dem Frühstück fertig. Gemeinsam holten sie das Futter und gingen zum Hühnerstall. Als sie am Küchenfenster vorbeikamen, streckte ihre Mutter den Kopf

heraus. „Wartet einen Moment! Ich habe hier einen Kopfsalat. Er ist nicht mehr schön. Gebt ihn den Hühnern, bevor ich ihn wegwerfen muss.“

„Da werden sie sich aber freuen“, meinte Lea und legte den Salatkopf auf die Schüssel mit dem Futter.

„Na klar freuen sie sich. Den Hühnern ist es egal, wenn der Salat ein paar schlappe Blätter hat“, grinste Luis.

„Hühnchen, Hühnchen, Hühnchen …!“, rief Lea, als sie in den Auslauf kamen. „Seht mal, was wir euch mitgebracht haben.“

„Hier kommt leckerer Salat!“, krähte Luis und wedelte mit dem Salatkopf.

„Salat? Salat? Pork, pork? Hat hier jemand Salat gesagt?“ Aufgeregt kamen die Hühner angerannt. Anakonda sprang flatternd in die Luft. Sie wollte die Erste an den grünen Blättern sein.

„Hey!“, protestierte Luis. „Erst die Körner, dann das Vergnügen.“
Das Warten fiel den Hühnern nicht leicht. Dennoch pickten sie brav ihre Körner und ließen sich von den Kindern die Federn kraulen.

„Gut gemacht“, lobte Lea. „Und jetzt kommt der Nachtisch!“ Luis legte den Salat auf den Boden. Sofort stürzten sich die Hühner auf das Grünzeug. Sie gackerten, pickten und schmatzten. Die Zwillinge sahen ihnen eine Weile zu. Dann gingen sie zurück ins Haus, um ihre Badesachen zu holen.

Der Salat schmeckte einfach herrlich. Aber nicht nur die Hühner wussten die grünen Blätter zu schätzen. Auch ein Kaninchen hatte gesehen, dass es Salat gab. Schnuppernd drückte es seine Nase gegen den Zaun des Auslaufs. Zu dumm, dass es hier keinen Eingang für Kaninchen gab.
Es hoppelte hierhin und dorthin. Dann fing es an, sich unter dem Zaun durchzugraben. Das Kaninchen buddelte, dass es nur so spritzte. Zwischendurch machte es unter der großen Johannisbeere eine Pause, bevor

es seine Arbeit fortsetzte. Zwar dauerte es eine ganze Weile, doch dann war das Loch groß genug. Freudig schlüpfte es zu den Hühnern in den Auslauf. Es schüttelte sich die Erdklumpen aus dem Fell und reckte sein Näschen in die Luft. Das Kaninchen schnupperte. Es hoppelte nach links. Es hoppelte nach rechts. Und ließ enttäuscht die Ohren hängen. Der Salat war weg. Futschikato. Die Hühner hatten ihn längst aufgefressen.

„Pork, nanu? Was macht denn das Schlappohr hier?“, wunderte sich Schneeweißchen.

Neugierig scharten sich die Hühner um das Kaninchen.

„Tock, pick! Was hast du hier zu suchen?“, krähte Nofretete streng. „Bist du etwa der Osterhase und willst unsere Eier stehlen?“ Wild mit den Flügeln schlagend kam sie auf das Kaninchen zu. Das hatte nun endgültig genug. Erschrocken machte es kehrt und rannte weg.

Anakonda sucht das Abenteuer

„Nanu, wo ist das Kaninchen denn hin?“, wunderte sich Anakonda. Sie war das abenteuerlustigste Huhn im Hühnerstall. Neugierig lief sie auf und ab. Dann hatte sie das Loch unter dem Zaun entdeckt. „Pork! Es hat sich unter dem Zaun durchgegraben!“, krähte sie aufgeregt. Sofort kamen alle Hühner angerannt. „Nanu? Pick, tock!“, gackerten sie durcheinander. „Jetzt wissen wir endlich, wie der kleine Racker in unseren Auslauf gekommen ist“, stellte Rosenrot fest. „Wenn man unter dem Zaun hereinkommt, findet man dort auch wieder hinaus“,

überlegte Anakonda. Und im nächsten Moment fing sie auch schon an, unter dem Zaun hindurchzukriechen.
„Was tust du denn da?“, krähten die Hühner erschrocken. „Der Habicht wird dich zum Nachtisch verspeisen!“

Anakonda ließ sich jedoch nicht aufhalten. Sie zwängte sich durch den Zaun und schüttelte ihr Gefieder. „Hat jemand Lust mitzukommen?“, fragte sie keck.

„Um Himmels willen, nein!“, riefen Schneeweißchen und Rosenrot.

„Ich bin doch nicht lebensmüde“, gluckerte Tarantula.

Nur Nofretete sagte nichts. Sie überlegte hin und her. Dann fasste sie sich ein Herz und kroch ebenfalls unter dem Zaun nach draußen.

„Ihr seid ja komplett verrückt geworden!“, schimpften die anderen Hühner. Sie drängten sich hinter dem Zaun und ließen die beiden Ausreißer nicht aus den Augen.

Zur selben Zeit stand Petronella in der Küche ihres Apfelhauses und maß die Zutaten für die Pfannkuchen ab. Dann schnipste sie mit den Fingern und murmelte einen Zauberspruch:

„Lirum, larum Eierkuchen,
wer will diesen Teig versuchen?
Zuckerrübe, Hühnerei,
Rührlöffel, eilt schnell herbei.
Haselnuss und Mandelzweig,
fertig ist der schöne Teig.“

Sofort schwebte alles in eine Schüssel, und der Rührlöffel begann mit der Arbeit. Er vermischte alle Zutaten für den Teig, dass es nur so spritzte.

„Ooooh, das sieht aber lecker aus!“, summte Lucius.
Petronella lächelte und ließ eine Handvoll Blaubeeren in den Teig plumpsen. Sie stellte die große Pfanne auf den Herd, ließ Butter darin schmelzen und gab den Teig dazu.
Es dauerte nicht lange, da zog ein köstlicher Duft durch das Apfelhaus.
„Uiii, das riecht aber lecker“, freute sich der Hirschkäfer. „Wann können wir essen?“
„Wenn die Pfannkuchen fertig sind“, antwortete Petronella lächelnd. „Und wenn die Apfelmännchen am Tisch sitzen.“
„Wer braucht dazu fünf Apfelmännchen? Ich schaffe die Pfannkuchen ganz alleine“, lachte Lucius. Trotzdem ging er ans Fenster, um Ausschau zu halten. Der Hirschkäfer wusste, dass Petronella ohne die Apfelmännchen nie mit dem Essen anfangen würde.

Ein schöner Tag

„Spargelzahn, wo bleibst du denn?“ Ungeduldig sah sich Gurkenhut um. Der Chef der Apfelmännchen konnte Verspätungen nicht leiden. Schon gar nicht, wenn es um eine Einladung zum Pfannkuchenessen ging.

Jetzt blieben auch die anderen Apfelmännchen stehen. „Was ist denn nun schon wieder los?“, murrte Rübenbach und sah sich nach seinem Kollegen um.

Spargelzahn kümmerte sich nicht um sie. Er war stehen geblieben und reckte den Hals. Erstaunt blickte er in Richtung Mühlteich. „Ja ist denn das die Möglichkeit?

Da gehen zwei Hühner am Teich spazieren!“, rief er den anderen zu. „Ich möchte wissen, wie sie dorthin gekommen sind!“
Die Apfelmännchen verdrehten die Augen. Sie hatten Hunger und sonst nichts. Um die Hühner konnten sie sich auch nach dem Essen kümmern.
Doch Spargelzahn war schon unterwegs.
„He ihr! Was macht ihr da?!“, rief er.
Erstaunt sahen sich Nofretete und Anakonda um. Dann schüttelten sie ihr Gefieder und plusterten sich auf. „Wir machen einen Spaziergang“, gab Nofretete Auskunft.
„Sonst noch Fragen, tock?“, erkundigte sich Anakonda.
„Oh ja“, sagte Spargelzahn. Er stand vor den Hühnern und stemmte die Hände in die Hüften. „Habt ihr denn keine Angst vor dem Habicht?“
Die Hühner blickten hinauf in den Himmel.

Außer ein paar weißen Wolken war weit und breit nichts zu sehen. „Da ist kein Habicht, Apfelmann!“, schnaubte Nofretete.
„Du willst uns wohl Angst machen“, empörte sich Anakonda. „Aber wir lassen uns den Ausflug nicht verderben.“
Spargelzahn fand die Hühner ziemlich dumm. „Wie seid ihr überhaupt aus dem Auslauf gekommen? Haben die Kinder die Tür offen gelassen?“, fragte er streng.
Nofretete schlug mit den Flügeln. „Das geht dich nichts an. Wir können gut auf uns selbst aufpassen.“
„Ganz recht!“, gackerte Anakonda. „Kümmere dich um deine eigenen Angelegenheiten. Wir sind doch keine Gefangenen. Wir können kommen und gehen, wie es uns gefällt.“
„Wenn ihr meint!“, knurrte der Apfelmann.

„Aber beschwert euch nicht, wenn euch der Habicht gefressen hat.“ Mit diesen Worten ließ er die Hühner stehen und stapfte davon. Schließlich warteten leckere Pfannkuchen auf ihn.

Die beiden Hühner verbrachten den ganzen Nachmittag am Mühlteich. Sie suchten nach saftigem Klee. Sie tappten durch das seichte Wasser. Und sie schnappten nach allen Fliegen, die an ihnen vorbeischwirrten. Anakonda verschluckte aus Versehen sogar drei leckere Kaulquappen. Es war ein schöner Ausflug. Spargelzahn hatte sich umsonst Sorgen gemacht. Erschöpft, aber glücklich kehrten sie schließlich in den Hühnerstall zurück. „Erzählt, erzählt!“, wurden sie von den anderen begrüßt. Und sie erzählten: von Regenwürmern, Kaulquappen, süßen Beeren und saftigem Gras.

Abends schaute Petronella noch einmal im Hühnerstall vorbei. Spargelzahn hatte ihr von dem Ausflug berichtet. Nun wollte die kleine Hexe sehen, ob die beiden Hennen wieder sicher zu Hause waren. „Stellt euch vor …! Frida und Fritz haben uns zu einer Fahrt auf ihren Rücken eingeladen!“, trompetete Nofretete. Sie stand auf dem Dach des Hühnerstalls, damit alle sie sehen konnten. Petronella lächelte. Es schien alles in Ordnung zu sein. Beruhigt kehrte sie nach Hause zurück.

Auf leisen Pfoten

Auch Lea und Luis hatten einen schönen Tag verbracht. Am Vormittag hatten sie im Mühlteich gebadet und dann einen Ausflug in den Zoo gemacht. Nun lagen sie müde in ihren Betten und waren bald eingeschlafen.
Es war kurz nach Mitternacht, als eine Gestalt durch den Garten schlich. Der Vollmond stand bereits hoch am Himmel. Eine Fledermaus war auf der Jagd nach Insekten, und die Bewohner des Müllerhauses lagen in tiefem Schlaf. Auch die Hühner saßen zufrieden auf ihren Schlafstangen. Sie träumten von Regenwürmern

und Salat und ahnten nichts von der Gefahr, die da geradewegs auf sie zukam.
Ein alter Fuchs schlich leise um den Mühlteich herum. Er war schlecht zu Fuß, seit er mit der Pfote in eine Falle getreten war. Immer wieder blieb er stehen und reckte seine Nase in die Luft. Es roch nach Hühnerstall. Er leckte sich über das Maul. Sein Magen knurrte ganz abscheulich. An eine Jagd auf Mäuse war wegen der schlimmen Pfote nicht zu denken. Da kam ihm ein Stall voller Hühner gerade recht. Suchend lief der Fuchs am Zaun des Auslaufs entlang. Dann entdeckte er das Loch, das das Kaninchen gegraben hatte. Ihm lief das Wasser im Mund zusammen. Es war ganz einfach, unter dem Zaun hindurchzukriechen. Lauschend sah sich der Hühnerräuber um. Alles war ruhig. Leise schlich er zum Stall und schlüpfte durch die Hühnerklappe hinein.

Anakonda

Hmmm,
wie das duftete.
Nach frischen Eiern
und leckeren Hühnern. Der
Fuchs knurrte voller Vorfreude.
Doch von diesem Geräusch
wurde Nofretete wach. Sie
schreckte auf und entdeckte den Räuber.
Sofort schlug sie Alarm. „Der Fuchs ist da!
Pork, pork, porrk!“
Das war ein Schreck! Anakonda und
Rosenrot fielen vor lauter Aufregung
von der Stange. Und auch die anderen
flatterten kopflos durcheinander.

„Pork, pork, porr! Der Fuchs, der Fuchs!“, gackerten sie. Der alte Fuchs humpelte hierhin und dorthin. Immer wieder schnappte er ins Leere. Anakonda hatte es zurück auf die Stange geschafft. Doch Rosenrot fiel vor lauter Schreck einfach in Ohnmacht. Der alte Fuchs lachte heiser. Mit einem Satz war er bei dem Huhn. Er nahm es zwischen die Zähne und verschwand mit ihm aus dem Hühnerstall.

Die Hühner waren entsetzt und machten ein lautes Spektakel. Sie riefen um Hilfe und konnten sich gar nicht beruhigen. Der Lärm war so groß, dass man ihn bis ins Müllerhaus hörte. Als Lea und Luis davon wach wurden, sprangen sie gleich aus den Betten. Sie wollten sofort zu den Hühnern laufen, doch ihr Vater kam ihnen zuvor. Er zog sich im Flur gerade die Schuhe an. „Ihr bleibt hier. Ich gehe nachsehen, was mit den Hühnern los ist“, brummte er und war auch schon aus der Tür. Das Geschrei der Hühner war bis in Petronellas Apfelhaus zu hören. Die Apfelhexe stand auf und griff nach ihrem Piratenfernrohr. Mit geübtem Hexenblick schaute sie in Richtung Müllerhaus. Herr Kuchenbrand kam gerade aus der Tür und ging mit schnellen Schritten zum Hühnerstall. Er sah

sich um und leuchtete in jede Ecke. Kurz darauf kam er heraus und kehrte zurück ins Müllerhaus.

Die Apfelhexe ließ das Fernrohr sinken und gähnte. Es schien alles in Ordnung zu sein.

Lea und Luis hatten inzwischen ungeduldig auf ihren Vater gewartet. „Was war los?“, wollten sie wissen, sobald er zur Tür hereinkam.

Herr Kuchenbrand zuckte mit den Schultern. „Es ist alles in Ordnung. Eins der Hühner muss schlecht geträumt haben.“ Und mit diesen Worten ging er zurück ins Bett.

Dumm gelaufen

Der alte Fuchs war sehr zufrieden. Es kam selten vor, dass einem das Futter direkt vors Maul fiel. Den Kopf hocherhoben schleppte er das Huhn mit sich fort. Und das war gar nicht so einfach, denn Rosenrot war ziemlich schwer. Außerdem schmerzte seine Pfote bei jedem Schritt.

Der Fuchs hatte den Mühlteich gerade erreicht, als zwei Gänse fauchend aus dem Schilf kamen. Sie bauten sich vor ihm auf und versperrten ihm den Weg. Dann fingen sie an, nach ihm zu schnappen. Sie rupften sein Fell. Sie kniffen ihm in die Ohren und schlugen mit ihren Flügeln auf ihn ein.

Da bekam der Fuchs einen riesigen Schreck. Er ließ das Huhn fallen und sah zu, dass er wegkam.
Sofort kam Rosenrot zu sich. Sie setzte sich auf und sah sich um. „Oje, oje“, gluckste sie. Ihr war klar, dass der Fuchs sie beinah gefressen hätte. Fast wäre sie erneut in Ohnmacht gefallen. Da hörte sie vertraute, sehr aufgeregte Stimmen.
„Da ist sie! Put, put!“
„Sie lebt!“
„Rosenrot!!!“
„Wir haben alles mitangesehen, pork, tack!“
Die übrigen Hühner hatten sich aus dem Auslauf getraut, um Rosenrot zu retten. Jetzt drängten sie sich um ihre Freundin.
„Du verdankst Frida und Fritz dein Leben!“, erklärte Nofretete wenig später.
Doch die zwei Gänse winkten ab. „Ach was, das war doch nichts Besonderes“,

schnatterten sie.
Jetzt kamen auch Petronella und die Kinder angelaufen. Das Geschrei der Hühner hatte ihnen einfach keine Ruhe gelassen. Sie hatten sich vor dem leeren Hühnerstall getroffen und waren dem Schnattern der Gänse bis zum Mühlteich gefolgt.
„Was ist passiert?!“, rief Petronella außer Atem.
Die Hühner erzählten ihnen aufgeregt vom Fuchs, von Rosenrots Ohnmacht und wie die Gänse sie gerettet hatten. Die Apfelhexe hörte ihnen aufmerksam zu.

Da fing Nofrete, trotz aller Aufregung, an zu gähnen. „Entschuldigung“, sagte sie. „Aber ich hatte genug Abenteuer für heute. Rosenrot ist gesund und munter, also lasst uns endlich schlafen gehen.“
Rosenrot war zwar sicher, dass sie kein Hühnerauge zubekommen würde, trotzdem kehrten die fünf Hennen in den Stall zurück.

Petronella und die Kinder begleiteten sie.
„Habt ihr das Loch unter dem Zaun gesehen?!“, rief Luis, nachdem sie den Hühnern gute Nacht gesagt hatten.
„Der Fuchs muss hier durch in den Auslauf gekommen sein!“
„Papa muss das Loch gleich morgen früh zuschaufeln“, sagte Lea besorgt.
„Glaubst du, die Hühner sind jetzt sicher, Petronella?“

Die Apfelhexe nickte. „Für diese Nacht schon. Aber der Fuchs wird wiederkommen.“

„Dann müssen wir ihn vorher verjagen!“, rief Lea grimmig.

„Aber wie, wenn wir nicht wissen wo er sich versteckt?“, seufzte Luis.

Petronella rieb sich nachdenklich das Kinn. „Ich glaube, ich habe eine Idee, wie wir ihn herlocken können. Alles, was wir dafür brauchen, ist ein mutiges Huhn.“

„Was hast du vor?“ Lea sah sie gespannt an. Doch Petronella schüttelte den Kopf. „Für heute ist Schluss. Wir treffen uns morgen wieder, sobald es abends dunkel wird. Und zwar genau hier.“

„Warum erst morgen?“, fragte Luis.

Petronella lächelte. „Es wird bald hell. Der Fuchs schläft jetzt in seinem Bau. Und für die Hühner war diese Nacht aufregend genug.“

Ein Huhn mit Talent

Am nächsten Tag konnten Lea und Luis kaum erwarten, dass es dunkel wurde. Abends legten sie sich mit Kleidern ins Bett und ließen das Fenster nicht aus den Augen. Sobald der erste Stern am Himmel stand, sprangen sie auf und schlichen aus dem Haus.

Petronella erwartete sie bereits am Hühnerstall. Sie nickte ihnen kurz zu, und gemeinsam gingen sie hinein. Nofretete & Co saßen bereits auf ihren Schlafstangen. Doch als sie die Freunde kommen hörten, flatterten sie sofort zu ihnen hinunter.

„Was ist los, pork, put?“, wollten sie wissen.

„Es geht um den Fuchs“, antwortete Petronella. „Ich fürchte, er wird wiederkommen. Also müssen wir ihn vertreiben.“ Die kleine Hexe erklärte den Hühnern ihren Plan und endete mit den Worten: „Das Einzige, was wir jetzt noch brauchen, ist ein mutiges Huhn.“
Die Hühner sahen sie erschrocken an.
„Ein mutiges Huhn?“, gluckerten sie nervös.
„Gibt es denn mutige Hühner?“
Da hob Anakonda zaghaft den Flügel.
„Ich … ich bin mutig!“, piepste sie.
„Unsinn!“, krähte Nofretete entschlossen.
„Ich bin eure Anführerin. Ich werde das mutige Huhn sein.“
Dankbar sah Petronella sie an. „Dir wird nichts passieren, das verspreche ich dir.“
Sie setzte Nofretete auf ihre Schulter und verließ den Stall. Lea und Luis liefen schnell hinterher.

„Wohin gehen wir?“, fragte Lea nach einer Weile.

„Zur Finsterhecke“, antwortete Petronella. „Sie ist der perfekte Ort für einen Fuchs, um sich zu verstecken.“ Die Finsterhecke wuchs am äußersten Rand des Gartens. Sie war hoch und dicht – ein Dornengestrüpp, das niemanden durchließ, der keinen dicken Pelz hatte. Kurz bevor sie die Finsterhecke erreichten, setzte Petronella das Oberhuhn auf den Boden. „Bist du eine gute Schauspielerin?“, fragte sie.

Nofretete klimperte mit den Wimpern. „Man sagt, ich hätte Talent!“, gluckerte sie.

„Das ist gut“, sagte Petronella. „Du musst nämlich ein verletztes Huhn spielen. Der Fuchs ist hungrig. Und so einen leichten Bissen wird er sich nicht entgehen lassen.“

Jetzt wurde Nofretete doch nervös „Oje, pork, put! Was ist, wenn er mich erwischt?“

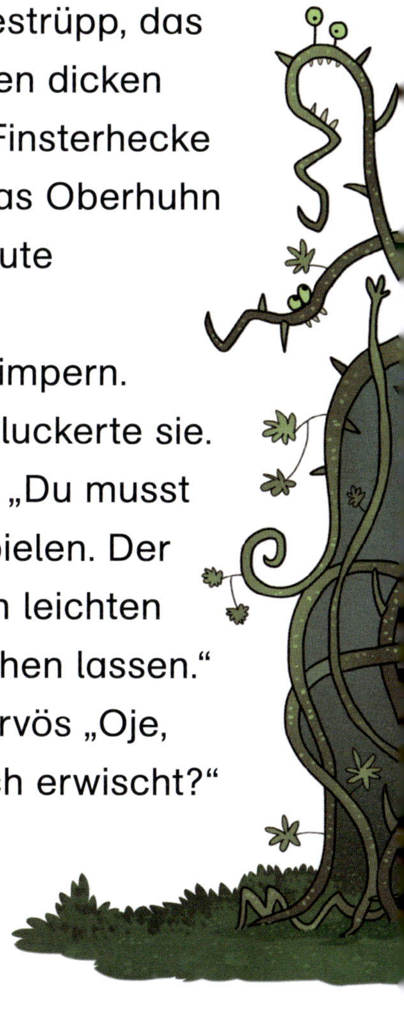

„Keine Angst. Ich habe meinen Zauberstab dabei und werde dich beschützen“, versprach Petronella in der Hühnersprache. Sie übersetzte den Kindern, was sie gesagt hatte.

Und damit versteckten sich die drei hinter einem dicken Busch!
„Jetzt kommt es auf dich an, Nofretete“, flüsterte die kleine Hexe. „Zeig dem Fuchs, was du kannst!“
Das weiße Huhn holte kurz Luft und legte los. Es gackerte und flatterte. Es humpelte und zog einen Flügel hinter sich her.
„Kikeriki!“, krähte es jämmerlich.
Eine Weile blieb alles still, doch dann raschelte es. Die Ranken der Finsterhecke wurden zur Seite geschoben, und eine spitze Schnauze lugte daraus hervor.
Lea und Luis hielten die Luft an. Da machte der Fuchs einen Satz! Nofretete schrie auf, und Petronella ließ vor Schreck ihren Zauberstab fallen.

Um ein Haar hätte der Fuchs das Huhn erwischt. Da erhob sich plötzlich ein wütendes Geschrei. Und statt einem weißen Huhn waren auf einmal fünf zur Stelle. Luis hatte die Pforte offen gelassen, und die Hühner waren ihnen heimlich gefolgt.

Verwirrt drehte sich der Fuchs im Kreis.

Schnell hob Petronella ihren Zauberstab auf. Sie richtete ihn auf den Fuchs und rief:

„Hotz und plotz und Schwefelkopf!
Zauber trifft den armen Tropf.
Hexenkraut und Donnerschlag!
Der Fuchs sich nicht mehr rühren mag.
Blitz, potz!"

Der alte Fuchs wusste nicht, wie ihm geschah. Ihn traf ein Blitz, und schon konnte er sich nicht mehr bewegen.
Jubelnd scharten sich die Hühner um Nofretete. Doch die musste sich erst einmal setzen. Erschöpft fächerte sie sich Luft zu.
„So viel Aufregung", gluckste sie matt.
„Dabei lieben es Hühner eigentlich gemütlich."
Auch die Kinder kamen nun erleichtert aus ihrem Versteck. Neugierig sahen sie den

Fuchs an. Er stand da und hielt eine Pfote in die Luft. „Ich finde, er hat traurige Augen“, sagte Lea.
Luis nickte. „Vielleicht tut ihm etwas weh.“
Auch Petronella sah sich den Fuchs nun genauer an. „Ihr habt recht“, meinte sie und wedelte mit ihrem Zauberstab. Sofort konnte sich der Fuchs wieder bewegen. Kleinlaut zog er den Schwanz ein und wollte eilig davonhumpeln.
„Warte!“, rief Petronella ihm nach. „Ich sehe doch, dass du verletzt bist.“
Der Fuchs blieb stehen und drehte sich um. „Ich bin in eine Falle getreten“, sagte er. „Seitdem bin ich ständig hungrig.“
„Und ich bin eine Apfelhexe und kann deine Verletzung heilen“, erklärte Petronella ihm. „Komm mit zu meinem Apfelbaum.
Ich habe noch kalte Eierpfannkuchen, und verarzten werde ich dich auch.“

Der alte Fuchs sah sie dankbar an und kam langsam zurück.

„Prima, dann bringen wir die Hühner nach Hause“, lachte Lea.

„Und danach bringen wir uns selbst nach Hause“, grinste Luis. „Bevor Mama und Papa merken, dass wir die halbe Nacht unterwegs waren.“